LA I. II. ET III. PARTIE

DE LA

MUSE NORMANDE,

OU

RECUEIL

DE PLUSIEURS

Ouvrages Facécieux en Langue Purinique,
ou gros Normand.

A ROUEN,

Chez PIERRE SEYER, Imprimeur
Libraire, rue du Petit-Puits.

AVEC PERMISSION.

CANT RYAL.

LE jour de l'An estant en fantasie,
Devers su Quay je lorine mes pas,
Je dechandis par sté l'essonnerie,
Où je trouvis bien grande compagnie,
De nos Drapiers luquant ses zalmanacs :
Bien qu'endévé je passe & je rapasse,
Comme un fagot avec eux je me tasse,
Pour yeux conter leur flagornement,
Et à leu dits prosner queuque réplique ;
Quand j'aperchus avecq étonnement
Jeansénius au rang des Hérétiques.

Je disais lors où tend telle folie,
Quay est che là un ballet des jours gras ;
Ou en poutrait de queuque Comédie
De mettre un homme au rang de l'hérésie,
Qui n'y a pensé jusqu'au pu petit cas.
Stimage fit qu'en men sens je ramasse,
Disant, faut-il qu'un tieul tort nore fasse,
Pis renfourrant lots me n'entendement,
Je dis ce sont queuques esprits frénétiques,
Qu'ont fait graver malicieusement
Jeansénius au rang des Hérétiques.

Calvin, Luter, monstres d'apostasies,
Bref, de tous ceux dont ils font un amas,
Ont fait connoître assez leurs perfidies.

Et chu Docteur qu'a steure no z'injurie,
n'a detestée même à sen trépas.

Se docte il a jergonné de la grace,
Le devet-on fourrer en tieule place,
Il a soumis cet œuvre entiérement,
Sous la sensure & les Loix Canoniques,
Et pourquai donc vairay-je injustement
Jeanfénius au rang des Hérétiques.

Stila qui tient ainchi sa Monarchie,
Qui de l'Eglise apaise les combats,
Cet œuvre ayant vû par cérémonie,
Par le luqueux de telle Hiérarchie,
Par cinq points a mis fin à tieux débats.
Bien que sen foudre il jette ou qu'il menace,
Il ne la mis dans une tieule classe,
Son ordre saint marche plus prudemment,
Il a fait comme on fait aux domestiques,
Par la Censure & n'a mis nullement
Jeanfénius au rang des Hérétiques.

Queret dont fait tieule peinture,
Et mis au jour ce malheureux tracas,
Che n'est pas-là un point de mocquerie,
Chela provient de qeuque diablerie,
Qui sourdement o fait tieul sabat à cas.

Toujours le diable a des gens de race,
Ou bien de ceux qui tient dedans sa nasse,
Qui leuz effets font voir évidemment,
Nommons ce Pestes Républiques,
Qui ont figuré sans sujet nullement,
Jeanfénius au rang des Hérétiques.

═══════════════════════════════════

Lettre de la bonne femme Jacqueline, tou-
chant les grands vents qu'il a fait
cette année.

STANCHES.

Obert je t'eucrivons cheſt pour no y excuſei ;
De n'avait eſté vair comme avet dit ten pere ;
J'avois eu du depuis bien a no delouſer
Des vents qui t'ont ruiné la ſemaine derniere ;
Las ! men pauvre fieux tu verras tout changay ,
Quand tu nos viendras vair à ces prochaines Feſtes ;
Le Curé qu'eſt bien vieux dit depis qu'il eſt nay ,
Qi n'a point encor vû une ſieule rempête.
S grand vent décaumit la cambre où je couchions ;
Y l'a tut abatu l'étable à notre Vaque ,
Sa petit apenty où étois nos cochons ,
Notre petit fourer où parfais tu te plaque ;
No ne voyait pu brin quand ce mal arrivit.
Le malhur e n'avios ny greſſet ni candelle ;
Tout épapelourdy ten pere ſe levit ,
Qu'en allit emprunter queu ta tante Noüelle ;
Y venant la muchant o fond de ſen capel ,
De pur de ſoufler durant ſu tintamare ,
Mais y ſe la ſſit quaſ dans un grand patel ,
Que la plie avoit fait au bout de notre barre.
Je c utas l'oyant braire oſſiteſt qu'il fut qu ;
Ta Tante y vint étonſ avec d'autre candelle ,
Je trouvons ſu pauvre homme étalé ſur le cu ;
Quavet déja l'iau juſques d. ſſous l'eſſelle ,

Etant débrenaiqué & quaﬁ comme fos ;
Je cherchons nos cochons éſcitez par ſtorage ;
Aprechant j'aviſon ces cinq povres petots,
Qui grelotaiſt de put au coin de leur étage.

Mais y ſe porte bien , n'y a que le petit
A qui j'avons clinchai ſa gambe qui baloque ;
Mais que tu ſais venu , ﬁ tu as bon apéti ,
Je le mettron pour tay au travers de note broque.

Et qui pis notre Vaqne étant de ſen coſté
Toute plate abatuë o mitan de l'étable ,
De l'anhan qu'a rechut a l'en a avorté ,
Et cheſt chen qui nozeſt encor pu couriable.

J'avon dans notte clos ſix gros arbres abatus ;
Et notte grand perier a zeü de belles breques ,
Pour ten melier du coin tu ne verras pus ,
Tu pouvois bien aten en manger des pu bleques.

Le tonnere & le vtnt a oﬀﬁ éclaté ,
Stourme qu'eſt o carfour de ta couﬁne Jane ;
Le moulin à Monﬁeur eſt tout rez emporté ,
Et depis no na vû le Monnier ny ſe n'aſne.

Ly a bien pu de maux que je ne t'écrivon ;
Mais je ne gtémiſſon ſeulement que du notte ,
Men ﬁeux pour te garder le reſte que j'avon ,
Il te faut tous les ſairs dire la Patenoſtre.

Va , je ſongeon pour tay encor que tu ny ſais ;
Ten pere t'a promis donner à Zeriviere
Un biau capel tout gris , une pere de brais ,
Et un parpoint tout neuf ouvert par le deriere.

LA MUSE

Lettre missive de la bonne mere Macette, à son fieux Drien Roquelore, étudiant au College de l'Archevêché, & demeurant en chambre guernie, entre le mont Saint Denis & les Chambres où chest qu'on fait KK.

ROquelore men fieux, me n'amour, me n'a
      mourette,
Tu fais b en poy de cas de te Nante perrette,
Et mains encore de may, je t'ay chent fais écrit,
Sans sçaver rien bouter dans ten dietre d'esprit,
Tu vis en guernement, tu n'as pus souvenanche
Du mal que j'ay pour tay, ny de ma doulianche.
Tu vas dans ces guardins jouer au cochonnet,
Où déteurdant le cu ainchi qu'un sansonnet,
Tu radreche ta pente à ta boule écapée,
Un Taneux qui se tieu vers la rue Etoupée,
Diset derra nement au vefin Gaudichon,
Que tu ne sçais jamais un brin de ta lichon,
Mais pour te vair jerquay à la qualifourquette,
Dans un batiau de vin pour faire la trempette,
Pour faire le caheutre, & t'affiez su de zais,
Tout terquais de goutran pour chandorer tes brais,
Tu ne fais que la biche, & encor che qui boute,
La mort dedans men cœur, chest que je ne vay pu
      goutte,
Et mes ans & mes yeux par trop défauchés,
Pour coutre te zabits qui sont si dépichés,
Vla ten nez bien canu men povre Roquelore,

Par ma fay te vla prins tout ainchin que le More,
Ten pere fen l bite , & eft pu fuc qu bois ,
Tant il en courchay , hier en mangeant des pois,
Il laiffit quaire fa foupe au milieu de notre aire,
Et pour tout fen fouper il ne mangit qu'une paire,
Che n'eft pu qu'une atelle , & les détrains propos ,
Qu'on y a j'ergonnais le font pire que fos.

    Eft y vray que tu as relanquy au Coliége ,
Pour aller afteurchi prendre un autre tirége ,
Qu'eux les nouviaux Docteurs de te n'Archevêché,
Jeuffe vendu men rouet & mon ben creveché,
Ou bien men gardecu , ou bien ma forte piecht :
Pour t'avair des fouliers , mais tu n'en auras pieche ,
Agette fi tu veux une pere de cabos ,
Pour aller tout ten fous pefquer dedans ces bos ,
Si je pouvais fçavair les matins & les trittes
Qui te font dégriner anchi les Jefuites ,
Qui t'ont fi bien apris & fi bien commenchay.
Je leu romprais le cos, ils t'uffent avanchay,
De l'état d'un feffeux qui va quitter fa plache,
Car che n'eft qu'un emplâtre, & fa vieille grimache
Fais greloter de pur tous ces povres Régens.

    Quant y tient fen baton & qui grinche les dents,
Tu as bien zu du mal à fonnet leurs clochs,
A laver leus privais & à tourner leurs broques.
Mais auffi tu dinais de la foupe aux naviaux ,
De bonne morue feque & bien d'autres morciaux,
Si vouleft quelquefais faire une Tragédie,
Tu étois le premier à drecher l'établie,
A bien fiquer un clou , & tu avez l'honneur
D'être un des eftrelins tant que tu es bon lecteur,
On te baillit a tan à un Roy pour fa garde,
Tu te pequais fi bien avec ta hallebarde,
Sans faillir un feul mot , qu'un qu'acun te louer ,

Et diſet à par ſey, par ma fey l'on diret
Que cheſt un Corporal qui renge les Gendermes;
Tant il a bonne morgue à bien porter les zermes,
Orrains il te fera bien carrement apos.

O cha palon raiſon, eſt-tu pas un grand fos
De quiter les beautés d'un ſi rare Coliege,
Et prendre les lichons d'une école de nége,
Cheſt ainchi qu'un quidan l'apelit avantiers,
Là faiſez pu de chent & pu de chent métiers;
Tu ſonnais le premier, tu mouquais les candelles,
Tu reclouais les bancs, tu drechais les équelles,
Tu étais meſſager, tu étais ballieux,
Et bien-tôt on devait t'élire pour feſſeux.

Pis peut-être après on t'eut mis de la bande;
Tu eſt valet orzains qui par après-commande,
Adieu men pauvre fieux, ne ſois point ſi courchay;
Loiſant che t'écritel à demi défauchay,
De liau qui va quechanrainchi qu'une avala'e,
De mes zieux ſu mien nais, tout auſſi fraid que glace,
Je de t'abeutir va, va, rien n'eſt gâtay,
Tâche de tavancher, je merquemande à tay,
Talon baillet ta ſœur bien-tôt à mariage,
Au grand paquet de Rivet, c'eſt un bon parentage;
Vien en vais dans huit jours, ou bien ſi tu ne veux,
Au mains enſeigne-nous unbon meneſtrieux,
Je tenvaye chinq pains qui ſont bien haut de mie,
Pour vivre quinze jours dans ta chambre guernie.

COMPLAINTE
DES HABITANS
DE SAINT NICAISE,

Sur la perte de leur Boise.

APprochez-vous mes bons Purins,
Drapiez & faiseurs de gardins,
Marchauds d'œillets & de framboises,
Tisserans, Tondeux, Epincheux,
Pigneux, Laneux & Eplaqueux,
Venez lamenter notre boise.

Que che nos est un grand malheur;
Et un regret au cœur bien dur,

B

Que de vais maintenant ravie
Notte Boife d'antiquité,
Notre Siége de vérité,
L'honneur de la Purinerie.

Il y avet quatre chans ans
Que nos aïeux & peres grands
L'avet prez du plat établie,
Afin d'y faire préfider
Nos Anciens pour y accorder
Les difcords de la Draperie.

Ce qui fe paffet de pu bel ;
Tout che qui eftet de nouvel
Etet déranglé le Dimanche,
Où checun venoit volontiers
Sur la Boife de nos Quartiers,
Pour y prononcer fa Sanrente.

No zy palet le pu fouvent
De la guerre de Montauban,
De Languedoc & de Sa ntonge,
Et pis quand deffu zelle on mentet ;
La povre Boife s'éclatet,
Ne pouvant fouffrir de menfonge.

Ainchin s'en retournet honteux
Chez plante bourdes, chez menteux,
Le nez camard, la fache bl'ême ;
Pis quand un autre s'y boutet,
Qui la vérité racontet,
Elle fe refermet fay même.

Elle avet vu vingt chinq Rois,
Et le ravage des Anglois,
Du tems de Jeanne la puchel'e ;
Et combien que dedans Rouen
Firent beaucoup de détriment,
Ils ne s'adrechirent à elle.

A l'avet vû les grands Hyvers,
Rigoureux, facheux & divers,
Quo zut de bois grande difette;
Néanmoins la néceffité
Jamais homme n'avoit ozé
En éclater une boifette.

Durant la prife de Rouen,
Il y a foixante & un an,
A vit la guerre & le ravage,
Et le Siége il y a trente ans,
Et biaucoup d'autres mauvais tems;
Sans qu'on ly fit tant de dommage.

De vrai pour être en repos,
Les pu hupez de notte enclos
Atetirent qu'à faint Nigaife
No la mettret pu furement,
Chen qui fut fait incontinent
Pour n'en être point à mal aife.

Mais en Janvier le fraiduleux,
En l'an mil fix chens vingt deux,
La povre Boife fut ravie
Par les enfans de faint Godard,
S'étant expofés au hazard
De faire une tieulle entreprife.

Notez donc que ces brelingans
S'en vindrent ermez jufqu'o dents,
Etant de garde à faint Hilaire,
Queuqu petiot après minuit,
Pour no commettre un tieul dépit
Et fi grand déplaifir no faire.

Etant tout vis-à-vis du plat,
Y fe fit affez beau fabat,
Faifant femblant de s'entrebattre,
Craignant que queuqu'un ne fortit,

B 2

Et que no n'aperchût & vit
Un si grand & fâcheux desastre.
   Aveuc de cieurtains instrumens,
Y l'ont rompu les ferremens
De qui a l'état étaquée
Par trais endroits de la maison;
Car d'une terrible fachon
A ly a oit été fiquée.
   Quand a fut o mains des Tyrans,
Y s'en allest tretous halans,
Aveuc de grand branches de meuches;
Et si étest pû réjouis,
Pu joyeux & pu régaudis
Que s'ils eussent été de neuches:
   Mais su le tard un Chavetier
Mit l'alerme à nore quartier,
Dont j'entr'ouimes la hemée;
Pis je no levons d'un plein saut
Criant après cux raux, raux, raux;
Avec une voix éfrayée.
   Mais y sesest des résolus
Aveuc leus coutelas tous nus;
Usant de chen mille menaches,
Et nous étant un priot poultrons,
Je retournons à nos maisons,
Et dé'aissimes la pourcache.
   O corps de garde le lendemain
J'allimé à mouchel pour certain,
Où je vîmes ô douleur amere!
Note povre Bois brûler:
Mais no boutons à quereller,
On no fit reculer arrière.
   Mais j'en attrapimes un morcel
Qui fut départi au troupel

Comme une relique bien grande,
Aveuc defir de s'en vanger,
Et cette Garde facaget
Le fait en revenant de bande.

A huit heures ou environ
Par mouchiaux je nozaffemblon ;
Le premier à la Croix de pierre ;
Un autre à la rue Fleuriguet,
Le troifiéme faifet le guet
O plat pour leur livrer la guerre.

Mais il avint bien autrement,
Car par la rue faint Vivian
La compagnie fut menée ;
Mais quay en no veyant trompés ;
En gros je fommes devalés
Dans la rue de l'épée.

Chacun de nou criet raut, raut ;
Tue, tue, à l'erme, à l'affaut,
En faifant un grand tintamare ;
Mais leu Capitaine à l'inftant,
Sa grande épée dégainant,
Entr'eux & nou fervit de barre.

Retirez-vous, dit il, Purins,
Voulez vous faire les mutins,
Et troubler note Républiqus :
Si checun de vous ne fe tet,
Vo ferez à coups de moufquet
Recachés fedans vos boutiques.

Quand j'entendimes chez propos ;
Chacun de nous tourna le dos,
Craignant queuque maffacre étrange,
Aveuque defir njaumains
D'en venir queuque jour o mains

Pour en prendre notre revange.

    Donc qu'o mette o Kalendrier,
Qu'o dix huitiéme de Janvier,
Fut prins & ravi notre Boise,
Boise dont i'étions pu jaloux,
Et pu glorieux entre nous,
Que Rouen n'est de George d'Amboise.

Le bout de l'An de la Boise.

Dieu te gard men povre Fleuran,
Et bien comment se porte nen,
Quesche qui roule à ta chervelle:
Tu me semble tout effritai,
As-tu oui ouy pâler su su Q̃ai
De quelque piteuse nouvelle.

    Ferrin, si je sieux marmiteux,
Tout déconfit & roupieux,
Ne t'en boute point à malaise,
C'est que je sieux tout débauché
D'avoir vû tout chemin courché,
Là haut à not e saint Nigaise.

    Dy mai Fleuran sans le cheler,
Quest che qui l'ont à leu delouser,
Ont ty émouvé queuque noise?
Nenny, Drien, en vérité,
Y pleurent par solemnité
Le bout de l'An de notre Boise.

    Derrainement le jour saint Pos,
J'entr'ouis oprès du grand Clos
Du sabat comme queuque alerme,
Mais j'apercheus étant o bout,
Un troupel de femmes en couroux,
Pleurant tretours à caudes larmes.

Le bon homme nommé Drian,
S'approchant tout doucement,
Demande pour qui c'heft qu'on crie ?
Drien fe ly dit Marion,
Il y a un an ou environ,
Que notre Boife fut ravie

Chamon fe fit ty quant & quant,
Che fut les mugueta d'arrogans,
De faint Godard étant de Garde,
Pas tant pour s'en vouloir cauffer,
Comme pour faire funifer,
Nous & toute notre brigade.

Su me n'ame, fe dit Gervais,
Je n'oublierai chela jamais;
Le cœur m'en creve quand j'y penfe,
Car y l'ont fait tout en efcient,
Voyant que j'avions grandement,
Ste pauvre Boife en révérenche.

La grande Cateline dit vraiement,
J'ai tant pleuré depuis un an,
Que je us vais tantoft pu goure :
De fait quand je fieux à l'hôtel,
Penfant avaler un mazcel,
Je laiffe quair ma pauvre foupe.

Alexis ce grand épluqueux,
Difet en fofant le pleureux,
Je ne ferois manger ni baire :
La mémoire de la douleur
Me fait tomber de ma hauteur
Parfois o mitan de me naire.

Mai qui écoutoit les clameurs,
Les doulianches & leu pleurs,
Je dis en voyant leu grimache :
Queft quo zavez à vo fâcher,

Pis qu'eutzai pour vo zafficher
Ure Boife neuve à fa. pleche.

Ils s'apprechent de mai en gros
Furtafez ainchi que des coqs
Qui ont mangé do la torée,
Difant que j'étois tritre en cœur,
Si je navois queuque douleur
De la povre Boife brûlée.

Ce n'eft pas, ce me firent ti,
Pour le grand argent qu'a vau fit,
Fut a de quefne ou baiftre,
Car fi j'en avon du regret,
C'e n'eft point pour autre fujet
Qu'a ly venet de nos Ancêtres.

Pourquai efche, fe dit Lubin,
Que je courumes le matin
Qu'a fu brûlée à faint Hilaire,
Dont checun en eut un coipel,
Etant féparée au troupel,
Si ch'neft que no la révére.

J'en réferve m'en coipelet
Dedans un petit drapelet,
Se dit la bonne mere Yvonne:
Je vendrois pûrôt men corfet,
Ma chemife & men greffet
Que je l'engagiffe à perfonne.

Pour la Boife neuve, fita,
Je n'en fais a n'en pu d'etat
Que d'une quaire quo zemprunte,
Car no za biau deffu mentir
Premier que no la vaie ouvrir
Ainchi que la pauvre défume.

Se dit la femme o vieux Lucas,
En jurant par faint Nicolas,

Depis qu'a l'eft yla fiquée,
Onzore qu'il y ait ôn an,
Je n'ay daigné tant feulement
M'y être une fais affichée.

Mort de mai bleu, ce dit Jeufray,
Alifon je te fçai bon gray,
Pis qu'on n'y boutoit point la preffe ;
Je ne m'y fiais tout à n'en pu,
Car je quirais putoft deffu,
Que d'y plaquer jamais mes feffes.

Che n'eft pour dénigrer en rien
Cheux qui no zont fait tant de bien
Que de no l'aver envayée,
Mais cheft pour faire bigoter,
Un eu gelé de Chavetier
Qui n'a pas l'autre bien gardée.

Par fainte Barge, dit Anzz,
Je lieuffe baillé fu fea nez
Une fais en portant ma pâte,
Mais le nigon s'allit mucher,
Cheft pourquay j'allis étriquer
Dans le renel tous fes chavates.

Pouvions je aver un pu grand mal
Que de perdre un Tribunal
De la vérité toute pure ;
Cheft pourquay je porton le deuil,
Le nez chendreux, la lerme à l'œil,
Pour avoir rechu tieule injure.

Quand j'y penfe le cœur me faut,
Ce dit le bon homme Thibaut,
Et fi la cherve le m'éluge,
Songeant à fe nantiquité,
Je crais pour toute vérité,
Qu'a l'étet du tems du Déluge.

C

Hélas ! chetet un parement
Que je gardions tant chérement,
Oncore qu'onn quacun s'en mocque ;
Car a l'avet si grand vertu,
Que quand no zy plaqué sen cu ;
A guarissoit bien tôt des broques.

Ste Boise-chite, dit Marion,
N'era jamais un tieul rénom
Qu e la pauvre premiere Boise :
Sa pu grande que modlié,
Chest que no zi vendra en été
Des groiselles & des framboises.

N'en palon pu, ce dit Cartel,
Et no zen allon à l'hôtel ;
Mais il faut croire en assuranche
Que Dieu punira tost o tard
Chez godeluriaux de saint Godard ;
Si n'en font longue pénitence.

Le Cochonnet ou Jeu de Boule.

QUe fais-tu locques, compere Blaise ?
Tu te cauffe bien à ton aise,
En cajolant ton Saufonnet ;
Vien ten vais jouer ô Cochonnet,
Chest le pu biau jeu qu'on seret dire ;
Je m'égueule parfais de rire
De vair ches hommes & ches garchons
Qui vos baillent tant de fachons ;
Car quand y l'ont lâché leu boule,
Y la guigne quand à roule,
Veyant qu'a ne va du côté,
Ou la pente y l'avest bouray,
Y font mille fachons de faire ;

No leu verra la langue traire,
Teurdre les pieds, grincher les dents,
Croifer les gambes en dedans,
Et le racrampit en atriere.

L'un fe reculant en arriere,
Contrefera le Pantalon
D'une affez drôle de fachon.

Un autre dé eurdant la feffe,
Dit à fa boule, va tritreffe,
Avanche tay double putain,
Oui da, a marchera demain.

La double quienne eft demeurée,
Mais voyez où a s'eft fiquée,
Et fi j'avais bouté tout drer,
Ma pente fu fu Cochonnet.

Tantôt radouciffant fen ftile,
Ly criera, demeure ma fille:
Bon, mordienne vla un caillou
Qui la fait q air dedans un trou.

Queft qui l'a? jouez tout que vaille,
Non ferai, attendez que j'y aiile:
Joue Robin & gagne Gervais,
Pouffe tout du long de la hais.

Chez bien joué, je l'avons à quatre,
Toubiau, toubiau, j'en veux rabatre,
Tu n'en as qu'un méchant crochu,
Tien, mefure avec fu fetu.

Non ferai, pardienne, apreche Pierre;
Ten gartier en fera la déferre,
Je la perds cha venez à bout,
Vo y avez biau par dans fu fons.

Le vla planté comme un yvire,
Oncore s'égueule ty de rire;
Hola, as tu tant veziné,

Qu'à la fin tu leu as donné.

  Maugré bleu du dos de vignole,
Qui avet fi biau par fte rigole;
Mais que te fert d'être engagné;
Je fuis ganuit tout éborgné.

  O la la , rejouez un autre,
Jettez le Cauchonnet au plautrê;
Touffe fort tay petit Thomas,
Su loutiquet n'a point de bras.

  Sa boule roule en affolée,
A l'étet pourtant bien jouée;
Non fait , fi fait , chêft qui s'eft flaint,
A pardienne il y a du renchaint.

  Il eft tout deffus , o y take;
Mogré bleu du faulard qui pete,
Qui fu gros pouffre de Vinchinne,
Il en a déja fait pu d'un chente.

  Car il eft a gavé qu'il éreve,
Vous diriez d'un Ange de Greve
La la , penfons à note jeu,
Gagne lai tai petit Mathieu.

  Que ferai je? & débute,
Tout de volée par fte bute;
Maugrez bleu foit dés tignous
Qui trah ffent leu compagnons.

  Las fi j'en ai touché parole,
Je veux que la froide cagnole
Me piffe rompre devant tai:
Bien , bien , n'en pâlons pu , tais tai.

  Joue bien , Cardin , je t'en prie,
Cheft ichite un coup de partie;
Par la mordienne tu as biau,
Mais coutai de fu flaquet d'iau.

  Pardi ma boule eft dans la merde;

Cheft tout un, le zautres le perde,
Cheft fait, cheft fait, & pour le fur,
Sie merde là a' porté bonheur.

L'Auteur fait voir que la mifere & la cala-
mité de la guerre, font la defcription d'un
Soldat dévalife revenant de la guerre de la
Valtoline.

CANT RYAL.

PRès de men feu je m'enmufois à luire,
Men'Almanal fait par Claude Morel,
Quand j'entendis entrer Boute tout cuire,
Qui dit, Orian, quitte ten queminel,
Vient avec mai, preas vi e tes martel,
  Cheft au grand Clos, allons y baire à loque,
Alons, li dis je, allons par notre doque,
J'ai encor chi quatre fou pour riflet,
Nous à la table chacun videt fen verre,
Quand tout croté vint no zécorniflee
Le grand Colas récapé de la guerre.

  Un grand plumet deffus la tirelire,
Etoit fiqué ainchi qu'en un troupel,
Cheft brelingans reviennent de faint Gille;
Croquant les brus, leu lequant le morvel,
De gras toufiaux plaqués à leu capel.
  Sen calaquin étoit en pendeloque,
Pis fa chainture en équerpe mal propre,
Sa grande rapiere à fen côtal de fer;
Ses brais de cuit ly bateft jufqu'à terre,
Eut on pas dit du grand diantre d'enfer;
Le grand Colas recapé de la guerre.

Su grand falot quand il eut bu biau Sire,
Ta quam sponsus de notte vin nouvel,
May & Bertran je venons à ly dire,
Ne terque point tant les crocs de ten muzel,
Dérangle nou tout che qu'as vû de bel.
  Ha queu pitié, Bertran, no le zembroque
Comme harans quand y vient qu'on si choque;
No n'entend rien que des boulets troter,
Tou peu, pe du tou, y font un drait tonnerre,
O qu'on n'avoit garde d'ouir peter
Le grand Colas récapé de la guerre.

  Le Cam va bien, tout le pu grand martire,
Cheft que le bois ne s'y brûle à huvel,
Pour bien dîner ly a toujours à frire;
J'y vis la Fleur & gros Michel,
Tous bons garchons du quartier du Ponchel.
  No tireroit deffus uue freloque,
Quand quelqu'un fort bien-tôt ne le machoque;
J'en tremble encor quand my falet aller;
J'euffe voulu être dans l'Angleterre;
Auffi ela fit bien-tôt dénicher
Le grand Colas récapé de la guerre.

  O zaffiégés y ne tient brin de rire,
Le pain d'avaine est leu meilleur tourtel,
Y fçavent qui n'éront que du pire;
Et cheux qui n'ont eu part à leu gatel,
Vaudrait n'aver bougé de leur hôtel.
  Note Roy afteure ne s'afroque
De plufieurs gens qui ont fait tu te moque;
No ne les vait pû près ly caqueter,
Y fçait affez qu'on ly en faifoit acroire.
Ainchi çâlet tout durant le goûter,
Le grand Colas récapé de la guerre.

Ste Miſſive ſet donné à Colin Hognon, fieux de Girame Honon, yeucolier yeutudiant à Rouen, demeurant queux Jérémie Grimaux, Carleur, à la rue où l'on paſſe quand on va o Cam du Pardon, un ptiot pu haut que le Coq.

STANCHES.

COlin, men petit fieux, & que men cœur ſouhai'e,
Que j'aime pu chent fais qu'une vaque ſen viau,
Je t'envaye ſu libel par ta Tante Perette,
De chen qui s'eſt paſſé ichite de nouviau.

C'eſt que derrainement je fûmes d'une neuche,
Ten pere & may auſſi, & ten couſin Vinchent,
Et ten frerot Gérôme; & ta petite Nieuche,
Et beaucoup d'autres oncore, car j'étions plus d'un
    chent.

Aga cheret, cray may, ta couſine Maſſée,
Qui épouſet le fieux à t'en parain Colin,
Et un chaqu'un diſet qu'a ne ſeroit trompée,
Cheſt le meilleur garchon qui ſet o Bourbaudoin.

A l'en aimoit un autre apollé Tête-pelée,
Qui eſt fieux (che dit on) d'un riche laboureux,
A ne voulut point, qu'ai qu'a l'en fut fianchée,
A cauſe qu'il avet le nez toujours morveux.

O Samedi o ſair no zen fit les fianchailles,
Fut Monſieu le Curay qui les fianchis tous deux,
Et pis dans lea maiſon je fîmes la gogaille,
Aveuque du tourtel qu'éret pêtri o zeux.

Lendemain au matin le Curay les marie,
La brû se maranet aveu ses biaux zabis,
A l'aver le colier à Jane Fessemin,
No zu dit à la vai que chetet des rubis.

Je ramenon la brû tout dret queu sen biau pere,
Là o no zavoit dit que je devions dîner :
Mais tout auparavant que de faire la chere,
Cheft qu'un cacun de ren se mit à étrener.

J'étrenîme un greffet & une grande marmite,
Et sen coufin Pernot un grand pot à piffer,
Ma commere une gatte & une léchefrite,
Te Noncle deux cabots, & deux quenets de fer.

Pour ta Tante Alifon, étrenit fa caudiere,
Et cinq fou & demi pour aver un gredil,
Sa maraine Loranche étrenit fa fauniere,
Un pot, un plat, un fiau, une broque, un fufil.

Quand no zumes étrené, je fîmes la ripaille,
Il y avet des pois & du lard o poriaux,
De grands morciaux de bœuf, ni avet point de vo-
　　laille,
Il y avet des zeufs, des féves & des naviaux.

F I N.

Rel 7:0 12 1912